Weil Lachen fröhlich macht!

Das Gedichte-Schnupperbuch

Boje

Wozu dient dieses Buch?

- die Freude der Kinder an Gedichten wecken und steigern
- Gedichte an die Hand geben, die besonders gut für den Unterricht geeignet sind
- Lust machen auf weitere Gedichte der Reihe »Gedichte für neugierige Kinder«
- auf Unterrichtsanregungen (»Leseimpulse«) hinweisen

Der Herausgeber:
WILFRIED WITTSTRUCK (geb. 1955) ist Professor für Literaturwissenschaft und Fachdidaktik an der Universität Vechta, außerdem Wissenschaftlicher Leiter des Studienzentrums. Er ist nach einigen Jahren als Gymnasiallehrer für Deutsch und Geschichte an die Hochschule gewechselt. Intensiv arbeitet er auf dem Gebiet der Leseförderung und der Verankerung der Kinder- und Jugendliteratur im Schulunterricht.

Boje Verlag
in der Bastei Lübbe GmbH & Co. KG

Einbandgestaltung: typocepta, Köln
Einbandmotiv: Jens Rassmus
Printed in Germany

Sie finden uns im Internet unter
www.boje-verlag.de
ISBN 978-3-414-82333-5

Weil Lachen fröhlich macht!
Das Gedichte-Schnupperbuch

Herausgegeben von Wilfried Wittstruck

Boje

Inhalt

Vorwort:
6 Vom Blödeln und Klügeln – wie Gedichte lachen machen
Wilfried Wittstruck

Den Gaumen gekitzelt
9 Karlhans Frank: Im Gelben vom Ei

Lachfalten kommen mit der Zeit
10 Mascha Kaléko: Eine kleine Schwester
11 Jutta Richter: Schmeckt
12 Jutta Richter: Für Simone
14 Edward van de Vendel: Falten

Freude, schönes Lachorchester
15 Jutta Richter: Da lacht der Mond
16 Mascha Kaléko: Der Mann im Mond
17 Mathias Jeschke: Der Wassertrog
18 Boy Lornsen: Sieben Spatzen
20 Boy Lornsen: Die Quappenfee
21 Arne Rautenberg: lustiger krokodilstraum
22 Mascha Kaléko: Ungereimtes über den Iltis
23 Arne Rautenberg: zwei freche süße füße
25 Karlhans Frank: Was unser Clown im Juli macht?

Wer schmunzelt, hat schon gedacht
26 Jan Koneffke: Der Regenwurm
27 Boy Lornsen: Ein altes Schwein
28 Edward van de Vendel: Strand
29 Jan Koneffke: Herr Dumm und Herr Doof
30 Edward van de Vendel: Guppy
31 Edward van de Vendel: Bett
32 Jutta Richter: Arme Hunde
33 Mathias Jeschke: Beim Zahnarzt
34 Arne Rautenberg: kasperle im altersheim
36 Jutta Richter: So ist das immer

Prust!
39 Karlhans Frank: Eine kleine Schweinerei
40 Mascha Kaléko: Das Schwein
41 Jan Koneffke: Der kleine Skunk
42 Jan Koneffke: Das Gespenst
45 Edward van de Vendel: Kuss
46 Edward van de Vendel: Pudding
47 Edward van de Vendel: Magen
48 Jan Koneffke: Der kleine Furz

Sie sind schon komisch, die Großen ...

51 Mascha Kaléko: Doktor Vielfraß
52 Mathias Jeschke: Mein ungezogner Opa
53 Karlhans Frank: Arme Tante Adelheid
54 Edward van de Vendel: Schaum
55 Edward van de Vendel: Augenbrauen
56 Edward van de Vendel: Schnäuzer

lol auf dem Hühnerhof

57 Mascha Kaléko: Der Hühnerhof
58 Mascha Kaléko: Die Spinne
60 Jutta Richter: Schröder
61 Jutta Richter: Antonius
62 Boy Lornsen: Floh und Elefant
63 Jan Koneffke: Schneckentempo
64 Jan Koneffke: Der Dreckspatz
66 Boy Lornsen: Verkehrte Welt

Kieksen und Kichern – Schprachschpielwittse

68 Mathias Jeschke: Der Bach
69 Mathias Jeschke: Hamsterkäfig
70 Jan Koneffke: Kakadu und Papagei
71 Jan Koneffke: Die Motte
72 Jan Koneffke: Schmetterlinge schmettern nicht
74 Arne Rautenberg: die truhe

Scherzkekse

78 Karlhans Frank: Was mögen das für Pillen sein?
79 Karlhans Frank: Etwas über Engel
81 Karlhans Frank: Nicht Tannen-, Linden-, Eichenbaum
82 Jan Koneffke: Das Kamel
84 Karlhans Frank: Papiertiger
85 Arne Rautenberg: stimmt es wirklich dass
86 Arne Rautenberg: träumende eulen

»Fünfzeiler sind es, meist zum Lachen« – alles auch zum Selbermachen

87 Mascha Kaléko: Limericks für Kinder

90 Die Gedichtbände und ihre Autoren

95 Literatur
96 Unterrichtsanregungen

Vorwort

Vom Blödeln und Klügeln – wie Gedichte lachen machen
Wilfried Wittstruck

Wir lachen nicht nur, weil wir fröhlich sind; es geht auch andersherum: »Weil Lachen fröhlich macht« – so werden Ursache und Wirkung in einem Gedicht von Jutta Richter gesehen (Seite 15). Aber so ohne Weiteres ist Lachen nicht ansteckend. Lachen will gelernt sein. Lachen muss man üben. Das ist schon eine gewisse Kunst. Eine ganz andere Kunst ist es indes, andere lachen zu machen. Clowns wissen das – und wir wissen übrigens, was ein Clown das ganze Jahr über so treibt, denn davon hat Karlhans Frank geschrieben; wenn er fragt: »Was unser Clown im Juli macht?«, ist seine Antwort so knapp wie naheliegend: »Er sitzt auf einem Stein und lacht!« (Seite 25).

Ob Gedichte Lachen auslösen können? Ja, sicher! In diesem »Schnupperbuch« sind insgesamt 60 Gedichte aus der Reihe »Gedichte für neugierige Kinder« versammelt, die schmunzeln, kichern, prusten, lauthals lachen oder lächeln lassen. Vielleicht – aber ohne Gewähr! Denn eine Lachformel gibt es nicht. Jeder hat eine andere Lachbegabung, jeder lacht anders und über etwas anderes, und – ganz wichtig – die Stimmung muss passen. Auch Lachrezepte, nach denen Texte so hergestellt werden, dass sie mit Sicherheit Lachen hervorrufen, kennen wir nicht. Comedians und Gagschreiber, Kabarettisten und Witzeerzähler würden sich solche Texte mit Lachgarantie wohl wünschen, um den »Lachnerv« ihres Publikums zu treffen. Doch sie haben nur Anhaltspunkte, worüber Menschen besonders lachen. Das können Beschreibungen von Menschen und Tieren in Situationen sein, in denen sie gleichsam den Boden unter den Füßen verlieren; aber auch Rhythmus und Reime, Spiele mit Buchstaben und mit Wortteilen, mit Vor- und Nachsilben, mit dem (Gleich-)Klang von Wörtern können besonderes Vergnügen machen. Entscheidend ist jedenfalls, dass sich der Gedanke einstellt: Das habe ich so ja noch nicht gehört, gelesen, gesehen. Und siehe da, das alles findet sich in den ausgewählten Gedichten. Die Autorinnen und Autoren haben gezeigt, dass sie Lachfalten auf Gesichter zaubern können. Sie haben wohl so etwas wie Witzinstinkt. Wie beim Fußball die Torjäger wissen sie, worauf es ankommt, wenn das Publikum jubeln soll. Wie machen sie das?

Erstens: Sie scheinen die Menschen gut beobachtet zu haben. Sie wissen, aus welchen verschiedenen Gründen gelacht wird und in welchen Tonlagen es erklingt. Lachen kann im Halse stecken bleiben, manchmal tönt es gequält. Menschen schütten sich aus vor Lachen, zeigen ein befreiendes und triumphierendes Lachen. Es gibt Lachen aus Verlegenheit, Lachen über ein Missgeschick, welches kein Verlachen sein muss, sondern anzeigen will, dass es wichtigere Dinge im Leben gibt als ein Jammern über ein kleines Malheur. Jüngere und viele Ältere gebrauchen den Witz, um sich dahinter verstecken zu können, ihre Gefühle nicht zeigen zu müssen. Einem, der laut lacht, ist vielleicht nicht zum Lachen zumute. Mancher hält sich an das Sprichwort »Wer zuletzt lacht, ...« und unterdrückt deshalb ein Lachen.

Zweitens: Wichtig ist, dass die Autorinnen und Autoren mit ihren Gedichten spüren lassen, dass sie selber gerne lachen. Es gibt für sie eben kein schlechtes oder gutes Lachen; und mit dem erhobenen Zeigefinger: »Darüber lacht man aber nicht!« kommen sie schon gar nicht daher. Zweifellos wird in manchen Situationen als gemein empfunden, wenn man lacht, aber Auslachen und auch Schadenfreude gibt es nun einmal – und natürlich handeln auch ihre Gedichte davon. Sie zeigen, dass über die Welt sich amüsieren darf, wer auch über sich selbst lacht.

Das Komische ist geradezu das Wesentliche dieser Gedichte. Es finden sich solche, die wir als Lachgedichte bezeichnen können, weil entweder lachende Figuren auftreten oder weil wir von einem Missgeschick lesen, das uns den Gedanken entlockt: »Was wäre, wenn das mir passiert wäre ...?!« Fröhliches Erstaunen kann eintreten, wenn uns ein Text eine gänzlich verquere Welt vorführt (Seite 66). Menschen können so gierig sein, dass wir losprusten wollen; und wenn dann Erwachsene so beschrieben werden (Seite 51), dürfte das vor allem jüngere Leser amüsieren. Nicht weniger fröhlich dürfte ihre Reaktion auf die Schilderung der kleinen Szenen sein, in denen Oma mit Opa gerade so ermahnend umgeht, wie sie es von den Eltern zur Genüge kennen; welches Bild wird wohl vor ihrem inneren Auge entstehen, wenn sie lesen (oder: hören): »Opa pupst am Mittagstisch«, und dann den Anschlussvers wortwörtlich nehmen: »Oma hat die Nase voll« ? (Seite 52). Regt es nicht zum Schmunzeln an zu vernehmen, dass in der Zahnarztpraxis allein der Zahnarzt »strahlend heiter« ist? (Seite 33). Und wenn sich Kasperle im Altersheim wiederfindet (Seite 34) – wie komisch und zugleich nachdenklich machend ist das? Da die im Anlaut so ähnlichen Wörter »Kasperle« und »kaffee trinken« in einem Atemzug genannt sind, möchte niemand zweifeln, dass das Eine zum Anderen einfach gehört. Ja, das ist nicht minder witzig, wie wenn ein Kamel – auf Helgoland, weil es irrtümlicherweise die Spitze des Leuchtturms für eine Pyramidenspitze gehalten hat – betrübt feststellt, nun ja, eben ein Kamel zu sein (Seite 82). Man darf auch laut lachen, weil überall, wo es ernst und vielleicht sogar traurig zugeht, oft im gleichen Moment alles zugleich komisch sein kann. Ohne Gänseblümchen kein Gänsekind, ohne Gans keinen Gänsebraten: »So ist das immer« (Seite 36).

Gedichte schreiben heißt auch in »gebundener« Sprache sprechen; etwas wird zusammengerückt, was in der Alltagssprache selten so nah beieinander steht. Schön gereimt ist gut geleimt heißt es wohl, aber auch holprige Reime können witzig sein. Pfiffige Albernheit begegnet uns, wo »gerade« gerade nicht »gerade« meint, denn es gibt zwei, die »kichern sich nun gerade krumm« (Seite 23). Wortspiele können zu neuen Einsichten in die Sprache führen, wenn z.B. das Krokodil, zweifellos ein kleines Ungeheuer, »ganz ungeheuer lachte« (Seite 21), wenn der Däumling – endlich! – ein kleiner (wenigstens!) Mann geworden ist. Und welches Klangglück, wenn ein ganz natürlicher (Verdauungs-)Vorgang so illustriert wird, dass wir meinen, ein Rindvieh »einen Fladen floppen« zu sehen und zu hören (Seite 39). Gibt es ein treffenderes Verb?

Bei Gedichten, die lustvoll mit Klang, Rhythmus und Sprachfluss spielen – »ritsch, pitsch, ditsch« (Seite 68) – kann es durchaus sein, dass einem beim lauten Lesen ein bisschen bange wird um unseren Atem. Wörter sind in ihre Bestandteile zerlegt, Buchstaben wirbeln hin und her, und sie stehen plötzlich an unerwarteten Stellen – wie beim »Kakadu und Papagei« (Seite 70), wo die Unbekümmertheit und Wildheit der Kontrahenten so ganz anschaulich wird. Das alles kann Mühe, zugleich aber auch großen Spaß machen, wie Akrobatik, nur mit den Mitteln der Sprache. Manchmal muss ein Wort lang oder kurz, laut oder leise ausgesprochen werden, obwohl wir das Gegenteil aus dem alltäglichen Sprechen gewohnt sind. Genau das ist es, was Gedichte vermögen: sie verlangen uns etwas ab, Denken und Spüren und Geschicklichkeit beim Lesen. Dann will man den Anderen knuffen, ihn anstoßen, um ihn teilhaben zu lassen an diesem Sprachspaß.

Die meisten Gedichte in diesem »Schnupperbuch« handeln nicht von Kindern – aber sie sind so ausgesucht, dass Kinder und Erwachsene darüber lachen können und dazu anregen, es einmal selbst zu versuchen, andere lachen zu machen, auch weil damit Antworten gegeben werden auf Fragen, die wir uns so noch nie gestellt haben, wie diese: was ist, »wenn eulen von säuen träumen«? (Seite 86)

Lachen kann fröhlich machen, wenn es Zuhörer gibt. Da es sich also am besten in Gesellschaft lacht – ergeht jetzt der Auftrag in diesem Gedichte-Lachen-Camp: Alle alles laut vorlesen! Es kann doch kein Zufall sein, dass Lachen und Lesen mit demselben Buchstaben beginnen? *lol*!

Im Gelben vom Ei

Ein Stacheltier im Dotter steckt,
das mir, wenn's weich gekocht ist, schmeckt.
Klopf' Schale auf und sage mir:
Wie heißt es, dieses Stacheltier?

Karlhans Frank

Illustration: Carsten Märtin

Eine kleine Schwester

Ein nagelneues Schwesterlein
Kam heute über Nacht.
Das weint und greint,
Die Mutter meint:
Es lernt noch, wie man lacht.
'’s ist halt noch dumm,
Das Kleine. Drum
Schreit es: »U-aa, u-aaaa!«
Hab keine Angst, du Klitzeklein!
Ich will dein großer Bruder sein.
Mein klitzekleines Schwesterlein,
Ich bin ja auch noch da!

Mascha Kaléko

Schmeckt

Haferflocken
Zucker
Wasser
und dazu Kakao

umgerührt
in einer Tasse
schmeckt wie
Gelb und Blau

schmeckt nach Trösten
schmeckt nach Streicheln
schmeckt nach Mamas Sachen
schmeckt nach einer letzten Träne
und dem ersten Lachen

Jutta Richter

Illustration: Jutta Richter

Für Simone

Ich heiße Simone.
Man nennt mich Zitrone.
Ich mache ein saures Gesicht.
Sie rufen: Simone, du doofe Zitrone!
Ich mag so was nicht.

Ich heiße Simone.
Man nennt mich Zitrone.
Ich weine am Abend im Bett.
Sie sagen: Simone, hau ab, du Zitrone!
Das find ich nicht nett.

Illustrationen: Jutta Richter

Ich heiße Simone.
Man nennt mich Zitrone.
Das finde ich einfach gemein.
Sie sagen: Simone, Zitrone, Zitrone!
Denn das ist ein Reim.

Ich heiße Simone.
Man nennt mich Zitrone.
Ich wollte, ich hieße Marie.
Denn hieß ich Marie,
dann würd sich nichts reimen.
Dann wär ich genauso wie sie.

Jutta Richter

Falten

Oma hat
lauter Runzeln –
Linien, die weiterschmunzeln
wenn sie selbst schon nicht mehr lacht.
Wolltest du sie alle fangen?,
fragt sie.
Oma, sag ich:
du bist lieb.
Und schon wieder hat sie ihre Faltenwangen.
Bist mir einer, meint sie leise,
du mein kleiner
Runzeldieb.

Edward van de Vendel

Da lacht der Mond

Am Himmel hängt ein Lachen
denn draußen ist schon Nacht
und alle Sterne tanzen
weil Lachen fröhlich macht

Ich stehe hier am Fenster
ich tanz ein bisschen mit
und Mama sagt: Da lacht der Mond
dann lachen wir zu dritt.

Jutta Richter

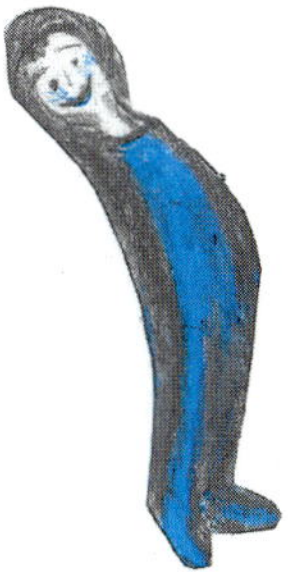

Der Mann im Mond

Der Mann im Mond hängt bunte Träume,
Die seine Mondfrau spinnt aus Licht,
Allnächtlich in die Abendbäume,
Mit einem Lächeln im Gesicht.

Da gibt es gelbe, rote, grüne
Und Träume ganz in Himmelblau.
Mit Gold durchwirkte, zarte, kühne,
Für Bub und Mädel, Mann und Frau.

Auch Träume, die auf Reisen führen
In Fernen, abenteuerlich.
– Da hängen sie an Silberschnüren!
Und einer davon ist für dich.

Mascha Kaléko

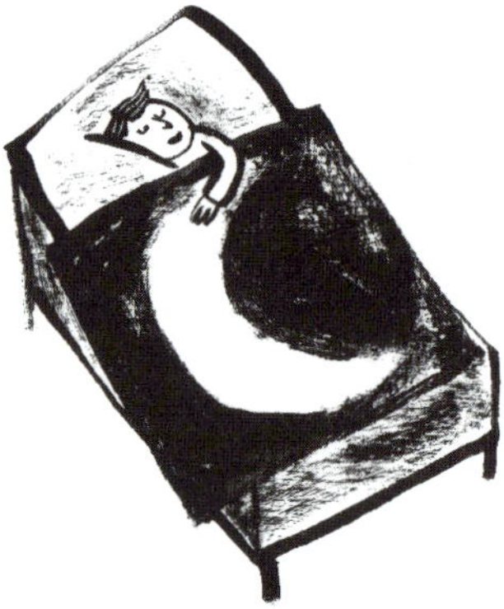

Der Wassertrog

Ich fand am Wegrand einen Trog,
in dem ein Glitzern mich bewog,
den Schritt zu bremsen, stillzustehn,
um tiefer in den Glanz zu sehn.

Es trieb die Sonne dort ihr Spiel,
wohl nur mit diesem einen Ziel,
durch blendend wässeriges Lachen
mich auf sie aufmerksam zu machen.

Mathias Jeschke

Sieben Spatzen

Seht ihr die sieben Spatzen,
die dort beim Bäcker Matzen
auf dem Hofe kratzen
und Kuchenkrümel schmatzen?

Jetzt nahen sieben Katzen
auf leisen Sammettatzen.
Die möchten gerne Spatzen
zum Mittagessen atzen.

Burrr! Fort sind die Spatzen.
Im Baum hört man sie schwatzen.
Und alle sieben Katzen
ziehn enttäuschte Fratzen.

Da wollen doch die Spatzen
vor Lachen beinah platzen.
»He!«, rufen sie. »Ihr Katzen,
fangt lieber sieben Ratzen!
Was nützen euch die Pratzen
schon gegen sieben Spatzen,
wenn ihr nicht fliegen könnt.«

Boy Lornsen

Die Quappenfee

Am quak quak quak – am Quabbelsee,
in einem grünen Ländchen,
dort sitzt die quak – die Quappenfee
auf einer weißen Seerose;
sie plätschert mit dem Quappenzeh
und wartet auf ein Ständchen.
In quak quak quak – in Schilf und Rohr
am Quabbelseenstrand,
da sitzt ein Frosch, ein Quak-Tenor,
und mit ihm quakt der Frosch-Quak-Chor
der Quappenfee ein Nachtlied vor.
Und sie winkt mit der Hand.
Quak quak quak und quak und quak ...
bis elf geht das Konzert.
Dann wird ein »Gute Nacht« gequakt,
und danach hat sich's ausgequakt.
Die Quappenfee, sie lacht und sagt:
»Ich fühl mich sehr geehrt.«

Boy Lornsen

lustiger krokodilstraum

als das krokodil zu schlafen meint
es eine krokodilsträne geweint

als es morgens dann erwachte
es ganz ungeheuer lachte

Arne Rautenberg

Illustration: Karsten Teich

Ungereimtes über den Iltis

Ihr sagt: Es reimt sich nichts auf Iltis?
Ich sag, es reimt sich doch. Was gilt is?
Ihr sagt: Es reimt sich nichts auf Menschen?
– Na, wennschen!

Wißt ihr, was »falsche« Reime machen,
Wenn sie sich ansehn? Nun, sie lachen!

Mascha Kaléko

zwei freche süße füße

zwei freche süße füße
gehen übern teppichboden
stolpern übern wanderstab
trippeln treppchen leis hinab
freun sich über alle maße
und spazieren auf die straße

zwei freche süße füße
biegen auf nen schotterweg
laufen – ja wie find ich das?
fort durchs frisch gemähte gras
kichern sich nun gerade krumm
und patschen in ner pfütze rum

oh die beiden süßen füße
streben hin zum großen strand
die zehen mögen feinen sand
und lieben es noch nasser
berühren schwappend wasser
ja die beiden süßen füße
machen spuren – schöne grüße!

Arne Rautenberg

Illustration: Karsten Teich

Was unser Clown im Juli macht?

Er sitzt auf einem Stein und lacht!

Vorgestern saß er ganz allein
auf seinem kalten Lieblingsstein.

Gestern trieb er wie ein loses Blatt
matt durch eine große Stadt.

Und dann, auf einem weiten Platz,
sah er die kleine Schnurrekatz.

Sie lächelte so frei und frisch.
Er schenkte ihr von seinem Fisch.

Jetzt lacht der Clown auf seinem Stein.
Die Schnurrekatz wärmt ihm ein Bein.

Karlhans Frank

Der Regenwurm

Ich armer Wurm bin nicht mehr ganz
mir fehlen leider Kopf und Schwanz
denn in eines Gartens Mitten
haben Kinder mich zerschnitten
was sie mit dem scharfen Spaten
und besondrer Mordlust taten

Kopf und Schwanz enteilten schnelle
vor der nächsten Angriffswelle
robbten nach verschiedenen Seiten
um der Klinge zu entgleiten
ich lag schreckgelähmt im Dreck
doch plötzlich waren die Kinder weg

als ich wieder zu mir kam
war ich allein mit meinem Gram
doch ein Regenwurm muss eben
auch zerschnitten weiterleben
selbst wenn er nicht mehr ganz ganz ist
und nicht weiß wo Kopf und Schwanz ist

und so zockele ich weiter
manchmal traurig manchmal heiter

Jan Koneffke

Ein altes Schwein

Ein sehr gelehrtes,
hochverehrtes
und dazu noch
unverzehrtes,
altes Schwein
vom zwölften Jahr,
das außerdem
noch zahnlos war,
das lag auf seiner Schwarte
und sprach von dieser Warte
zu einem Hasen: »Höre,
mein Sohn, auf mich
und schwöre,
dass du die Welt
vom Fuchs befreist.
Der böse Fuchs
wird gar zu dreist.
Er ist dein Feind!
Tritt ihm entgegen!
Sei ein Held!
Nimm meinen Segen!«
Nun ging der Hase,
stolzgeschwellt,
und schrie hinaus
in alle Welt:
»Wo ist der Fuchs,
der böse,
dass ich die Welt erlöse?«

Dann trat der Fuchs
(vom Wolf ein Onkel)
hungrig aus dem
Waldesdonkel
und verspeiste
auf der Stelle
das Hasentier
mitsamt der Pelle.
Der Held ist tot.
Das Schwein jedoch –
das alte Schwein
lebt immer noch!

Boy Lornsen

Strand

Die Sonne scheint die großen Leute flach –
lauter schlappe Pflanzen.
Ich steh hier,
mit meinem Eimerchen voll Meer
und denke nach.
Was jetzt? Sie brauchen Wasser!
O je,
sechs nasse Mütter schlagen Krach.

Edward van de Vendel

Herr Dumm und Herr Doof

Sie wohnten beide Haus an Haus
und sahen zum Verwechseln aus:
dicke Brillen kurze Beine
und zwei Dackel an der Leine.

Dumm sagte: In der Oberstube
stinkt's bei Doof nach Jauchegrube.
Doof tippte sich an seine Stirne:
Dumm hat Faulgas in der Birne.
Damit hatten sie zwar recht
doch das bekam den beiden schlecht.

Beim großen Brand im letzten Jahr
machten sie sich gegenseitig
einen Wassereimer streitig
und sind verbrannt mit Hirn und Haar.

Man hat sie Stein an Stein begraben
auf beiden steht in Goldbuchstaben:
Sie kamen verdientermaßen um
denn Doof war doof und Dumm blieb dumm.

Jan Koneffke

Guppy

Alle meine Guppys schwimmen
jetzt in meiner
Katze drinnen –
na ja, wahrscheinlich sind sie tot.
Sie fischte so,
so:
Fisch in Not.
Nur einen hat sie nicht bekommen.
Ach – ist ihr wohl zu schnell geschwommen?
Oder Katze ganz verwirrt?
Pfote sich am Schluss verirrt?
Mir egal,
mir völlig schnuppe:
Lieber als die ganze Gruppe
ist mir dieser Superguppy
hier im Glas, mein Solo-Held.
– Noch da zu sein
ist das, was zählt.

Edward van de Vendel

Bett

Mama steckt mich abends weg
in ein Kuvert aus Federbett.
Nachtpost, nickt sie,
und dann drückt sie
sanft die Lippen auf mein' Mund:
Marken und Siegel,
und Sätze, die sorgen,
dass ich am Morgen
wieder hergeschickt werd.
Dann gähn ich
und sie lacht:
Schlaf gut, mein Liebchen.
Das tu ich
und sie sagt:
Schlaf gut, mein Briefchen.

Edward van de Vendel

Arme Hunde

Arme Hunde gibt es viele
keiner will sie haben

weil sie hinken
weil sie stinken
weil sie Pfützenwasser trinken

weil sie beißen
weil sie reißen
weil sie auf den Gehsteig scheißen

Arme Hunde gibt es viele
keiner will sie haben

Aber wenn wir sie nicht schlagen
und nicht fort- und weiterjagen
werden arme Hunde lachen
und uns Tag und Nacht bewachen

Merke: Jeder arme Hund
wär gern reich und rund

Jutta Richter

Beim Zahnarzt

So geh ich denn mit zähem Bangen
zum Herrn der Bohrer und der Zangen,
der wie ein Gott herrscht über Kronen,
die glänzend prächtig auf den Thronen
von morschen, abgestumpften Zähnen
sich selber als ureigenst wähnen.

Besteige zahnzerknirscht den Sessel,
erwarte schon die Folterfessel,
doch kommt stattdessen nur ein Lätzchen –
der Arzt erwartet keine Mätzchen.
Er lächelt sogar strahlend heiter
und sagt energisch: »Mund auf! Weiter!«

Und nun beginnt die Höllenqual,
es zerreißt der fiese Strahl
des Lichts das Lächeln, es zerrinnt,
die grause Mordstortur beginnt.
Doch rettet mich schon vor der Spritze
der Ohnmacht Nacht im Zahnarztsitze.

Des Arztes Werk nimmt seinen Lauf
und erst am Ende wach ich auf.
Ich bin schon froh, dass es vorbei,
und wag ein Lächeln gleich dabei –
doch auch er ist wieder heiter
und spricht: »Beim nächsten Mal geht's weiter!«

Mathias Jeschke

kasperle im altersheim

kasperle muss kaffee trinken
darf keinen bösen krach mehr schlagen
darf nicht sein wildes mützchen schwingen
kasperle muss sich betragen
darf gar kein trullalla mehr singen

denn kasperle muss kaffee trinken
muss artig seine händlein falten
und sprechen ein fein tischgedicht:
ich, kasper, wünsche allen alten
ein hübsch sauberes gesicht

ja kasperle muss kaffee trinken
sitzen mit betagten damen
antworten wenn er gefragt wird
ja sagt er und auch noch amen
selbst wenn sein kopf voll unsinn schwirrt

muss kasperle nun kaffee trinken
und sich nach jedem kuchenbissen
die winkel seines mündchens tupfen
danach muss er aufs ruhekissen
darf nicht mehr an den wolken zupfen

arm kasperle muss kaffee trinken
hier sitzt er an der laus'gen tafel
lauscht nach dem trüben tischgeschwafel
bald schläft er fest in federbetten
verdammt wer soll die welt nun retten

Arne Rautenberg

So ist das immer

Das Gänseblümchen auf der Wiese
hat weißes Haar und grüne Füße
und scheint die Sonne im April
dann denkt das Gänseblümchen still:
Ach wenn ich doch ein Löwe wär
oder ein starker Zottelbär
dann würden alle Gänse fliehn
und ich würd zwanzig Wochen blühn
und während es noch wünscht und sinnt
da kommt ein gelbes Gänsekind
das frisst es weil es wachsen will
so ist das immer im April

Das Gänsekind wird groß und weiß
der Sommer kommt und es wird heiß
so wird das Gänsekind zur Gans
und wünscht sich nun, es hieße Hans

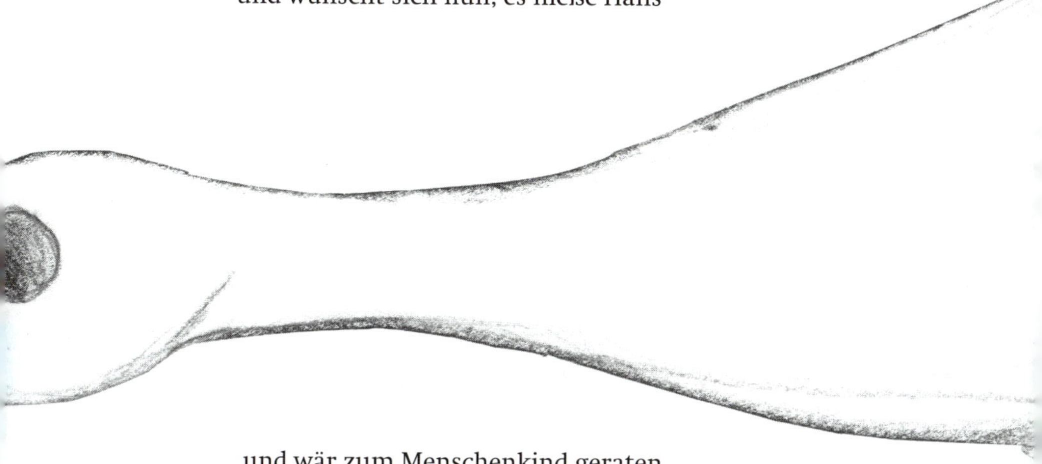

und wär zum Menschenkind geraten
dann gäb es keinen Gänsebraten
es würde wachsen und gedeihn
wie alle Menschenkinderlein
bald sind die Äpfel nicht mehr sauer
Oktober geht, es kommt der Bauer
er packt die Gans, die Gans sagt quak
dann ist sie tot am Martinstag

Jutta Richter

Eine kleine Schweinerei

Mein Schwein hat keinen Führerschein,
und deshalb fährt es Roller,
stößt ab mit rechtem Hinterbein
und rollert immer toller.

Im Weg steht Müllers Kuh herum.
»Weg da! Ich kann nicht stoppen!«
Die Kuh kaut langsam, müde, stumm,
lässt einen Fladen floppen.

Mein armes Schwein rollt voll hinein.
Die Kuh kaut heiter weiter.
Hätte mein Schwein 'nen Führerschein,
der Fladen wär' jetzt breiter.

Karlhans Frank

Illustration: Carsten Märtin

Das Schwein

Das Dreckschwein – *porcus* auf lateinisch –
Benimmt sich auch als solches schweinisch.

Mascha Kaléko

Der kleine Skunk

Lieber Gott um dich zu loben
schick ich meinen Duft nach oben
was andres bringe ich nicht hin
weil ich nur ein Stinktier bin

Jan Koneffke

Das Gespenst

Huhu! Ist der Mond nicht riesig
und die Nachtluft gruslig diesig?

Weht es nicht ins Kinderzimmer
anfangs sachte und bald schlimmer?

Hu! Es flattert die Gardine
wild an der Gardinenschiene

und es blubbert in den Rohren
wie in finstren Totenmooren.

Um dein Bettchen kratzt und knarrt es
keucht und kichert, schmatzt und scharrt es.

Hihi! Wenn ich zu dir schleiche
blass und bleich wie eine Leiche

und es klappert mein Skelett
wie ein Eimer um dein Bett.

Kriegst du einen Riesenschrecken?
Willst du dich vor mir verstecken?

Machst du dir ins Hemd und flennst
vor dem grausigen Gespenst?

Nichts von alledem! Du pennst!

Drehst dich nur zur andern Seite
und bescherst mir eine Pleite

die mich bis ins Mark entsetzt
und mein Selbstvertrauen verletzt.

Hu! Ich heule wie ein Kater
und bei diesem Mordstheater

wachst du auf und fauchst mich an:
»Lass mich endlich schlafen, Mann!«

Zittriger als Espenlaub
mache ich mich aus dem Staub

mein Gespensterhemd ist pitschnass
wenn sich einer graust, bin ich das

und ein Stern linst schadenfroh
und der Mond grinst sowieso

Jan Koneffke

Kuss

Eben seh ich eine Frau
mit beiden Lippen
Tupfer auf ein Kindchen stippen.
Bwll!, macht das Kindchen
und es hilft:
Weg ist die Frau.
Ja, das war schlau!

Na gut,
wir soll'n nach einem Kuss
vielleicht nicht gleich so sabbern,
doch wer,
ja, wer fing an?
Wer begann denn mit dem Schlabbern?

Edward van de Vendel

Pudding

Puddingspeise, wackelst leise,
ist dir kalt?
Dass du zitterst und so zagst,
ist das, weil du Kühlfächer
furchtbar magst?
Oder weißt du, wie es um dich steht?
Wie es jedem Nachtisch mal ergeht?
Was bist du auch so süß und rot!
Einmal schlucken:
wackelst leise, Puddingspeise,
und bist tot.

Edward van de Vendel

Magen

Ich sitze im Bus
mit meinem Magen.
Und was ich gegessen hab,
heut, in den letzten Tagen
und den letzten zwei Jahren,
kommt von innen angefahren:
auf Karren, die rucken,
auf Karren zum Spucken.
Drum Schaffner,
dürfte ich mal?
Mein Mund ist ein Kreisverkehr.
Noch eine Sekunde mehr,
und knall!,
kommt der Schwall.

Edward van de Vendel

Der kleine Furz

Ich wäre lieber eine Bö
und risse Hüte in die Höh

ich würde gern zum Sturmwind reifen
und durch Mauerritzen pfeifen

als Sommerwind durch Felder eilen
vor mir die Weizenhalme teilen

zur Brise die vom Meer anstreicht
wenn Hitze den Asphalt aufweicht

die Leute auf den Sofas liegen
wo sie keine Luft mehr kriegen

mit frischem Duft ins Zimmer drängen
statt mich aus einem Darm zu zwängen

man würde endlich nach mir schmachten
und mich nicht wie bisher verachten

als faules Gas das knallt und stinkt
und in verkniffene Nasen dringt

als Mief den man ins Freie treibt
damit kein Rüchlein übrig bleibt

ich wäre lieber eine Bö
und risse Hüte in die Höh

Jan Koneffke

Doktor Vielfraß

Weil er zu gerne Törtchen aß
Und Sahneeis im Übermaß,
Weil Schokolade und Konfekt
Ihm nur in großen Mengen schmeckt,

Weil Mokkakrem er und Krokant
Vorzüglich schon zum Frühstück fand,
Und Majonäsen, Räucheraale
Sein »Imbiß« war vorm Mittagsmahle,

Weil er zu viele Gläschen leerte
Und auf der Freunde Rat nicht hörte,
Wuchs ihm ein Schmerbauch, wie ihr seht.
O weh! Wohin der Mann auch geht,
Marschiert sein Fettwanst ihm voran.
Und hinterdrein erst kommt der Mann.
So was von Bauch. Ist das nicht toll?
Der hat ja alle Hände voll.

Mascha Kaléko

Mein ungezogner Opa

Oma hat den Hut verloren,
  Opa wackelt mit den Ohren.
Oma macht das gar nicht froh:
  Opa darf nicht in den Zoo!

Oma rückt die Blumenvase,
  Opa popelt in der Nase.
Oma wird vor Wut ganz rot:
  Opa kriegt kein Abendbrot!

Oma putzt das ganze Haus,
  Opa streckt die Zunge raus.
Oma findet das nicht nett:
  Opa muss sofort ins Bett!

Oma brät den toten Fisch,
  Opa pupst am Mittagstisch.
Oma hat die Nase voll:
  Opa darf zu uns, das find ich toll!

Mathias Jeschke

Arme Tante Adelheid

Zur Mittagszeit durch Lüdenscheid
spazierte Tante Adelheid
in ihrem neuen Rüschenkleid.
Die Tante Adelheid ist breit.
Das Rüschenkleid war nicht so weit,
das Rüschenkleid war eng.
Peng!

Karlhans Frank

Schaum

Männer müssen sich rasieren.
Männer müssen sich beschmieren:
Die Finger voll mit weißem Schaum.
Ihren Mund, den sieht man kaum.
Männer denken ohne Worte
jeden Morgen:
Sahnetorte.

Edward van de Vendel

Augenbrauen

Manchmal schau ich,
wenn ich kann,
mir Opas Augenbrauen an.
Von Nahem sehn sie aus wie Heu,
riesengroß und nicht ganz neu.
Sie trocknen schon seit Jahren:
ein Bauernhof aus Haaren,
für Tiere aus Schweiß.
Schaut nur,
es ist heiß
und da sieht man sie kullern:
kleine Ferkelchen
oder so.
Legen sich schon
in ihr Stroh.

Edward van de Vendel

Schnäuzer

Manche Männer tragen Schnäuzer,
so schlampig
sieht das aus.
Als hätten sie heut früh noch wie besessen
aufgeräumt und eins dabei vergessen:
noch geschaut im ganzen Haus
– das Wasser zu, die Lichter aus –
dann noch schnell die Bahn zu fassen,
nur ...
den Besen stehen lassen.

Edward van de Vendel

Der Hühnerhof

Gesträubten Hauptes spricht Frau Henne
Zum Gatten auf der Hühnerleiter:
»Die Brut macht mir viel Kummer, Männe!
Das jüngste Ei dünkt sich gescheiter
Als die Mama. – Zu meiner Zeit ...« –
Na, und so weiter und so weiter.
Da schwillt dem Herrn Papa der Kamm:
»Was plustern Sie sich auf, Madame?
Was soll uns dieses Federlesen?
Nix Neu's, Chérie! Beim Zeus, Chérie:
Das ist schon immer so gewesen.«

Mascha Kaléko

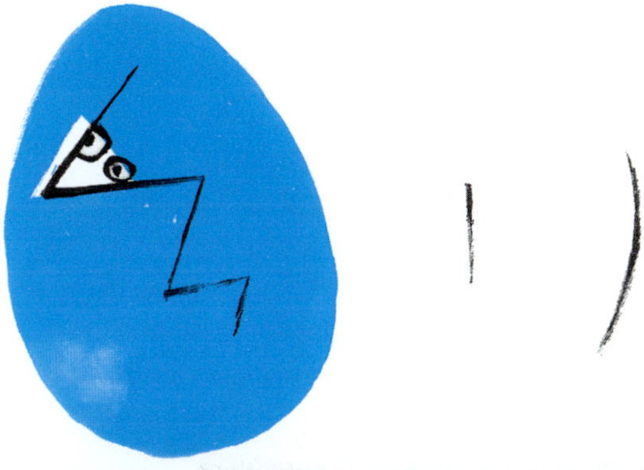

Illustration: Verena Ballhaus

Die Spinne

Die Spinne, ihren Tanz vollführend,
Folgt einem inneren Gesetz,
Den Faden auf- und niederführend.
Und so entsteht das Spinnennetz.

Ganz hingegeben ihrem Tanze,
Schafft sie ein Ding, das Fliegen fängt;
Sie tanzt ... nicht ahnend, wie das Ganze
So ursächlich zusammenhängt.

Die Spinne – gleich dem Menschenkind –
Weiß selber gar nicht, daß sie »spinnt«.

Mascha Kaléko

Schröder

Schröder heißt mein Katzentier
schläft auf meinem Bauch
spielt am Abend oft Klavier
singen kann er auch

Und dann schnurrt er und miaut
denn er will mir sagen:
wer die Wurst vom Teller klaut
muss nicht Mäuse jagen

Und wer keine Mäuse jagt
hat mehr Zeit zum Schmusen
Schröder heißt mein Katzentier
schläft auf meinem Busen

Jutta Richter

Antonius

Antonius der Bärenhund
hat einen dicken Bauch
er kann schon Sitz und Platz und Bleib
und Komm, das kann er auch

Er ist mein Freund mein Hütehund
er ist mein Augenstern
nur wenn er meine Schuhe frisst
hab ich ihn nicht so gern

Jutta Richter

Floh und Elefant

Ein Floh hüpft durch ein Nadelöhr
und tut als ob das gar nichts wär.
Ein Elefant schaut zu.
Da sagt der Floh: »Na, du,
mit deinem dicken Bauch –
kannst du das auch?«
Der Elefant brummt: »Warte mal.«
Stampft zum nächsten Lampenpfahl,
reckt den Rüssel, macht sich schwer,
biegt ein Riesennadelöhr,
bläst alle Luft aus seinem Bauch,
wird lappig wie ein Lederschlauch
und fädelt sich so gerade noch
durch dieses Riesennadelloch,
kommt drüben an, heil und gesund,
holt wieder Luft, wird wieder rund
und sagt zum Floh: »Na, du – wat sagste nu!?«

Boy Lornsen

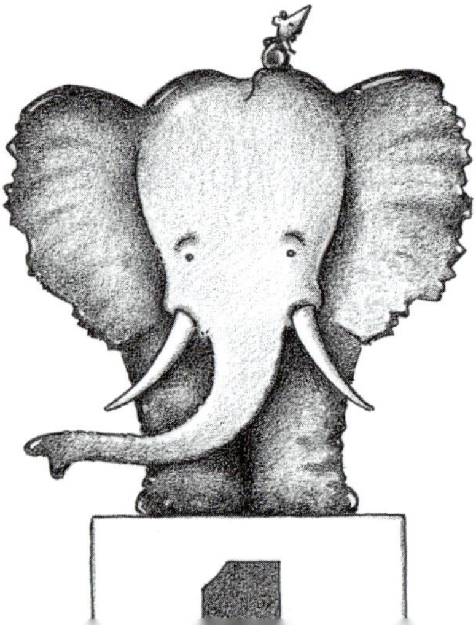

Schneckentempo

Ich war nie in Sumatra
und nicht in Amerika
Honolulu Guadeloupe
Teneriffa sind mir schnuppe
ob ich kraxel oder krauxel
mich zieht's nicht nach Castrop-Rauxel

lieber Gott ich werde fromm
wenn ich bis zum Kohlkopf komm

Jan Koneffke

Der Dreckspatz

Sag, lieber Gott, findet ein Dreckspatz
niemals einen Himmelseckplatz?
Bist du etwa kleinlich reinlich
und ein Speckfratz ist dir peinlich?

Schickst du einen Feind der Seife
einfach in die Warteschleife
und er flattert um den Himmel
bis er Rost ansetzt und Schimmel?

Werden deine Engelsscharen
etwa grob mit mir verfahren
mich in Essiglauge stopfen
und mit Bimssteinen verklopfen?

Scheucht man mich mit Leichenbittermiene
in die Waschmaschine
wo ich in der Trommel fliege
bis ich einen Drehwurm kriege?

Und ich baumele und weine
an der Himmelstrockenleine
splitterfasernackt und rein
und darf nie mehr Dreckspatz sein?

Ich will nicht nach Patschuli stinken
und in goldene Betten sinken!
Ein Dreckspatz reinlich ohne Flecken
ist wie ein Ei mit sieben Ecken!

Ich sage dir beizeiten an:
Aus mir wird nie ein Saubermann
und schickst du mich noch mal auf Erden
kann ich nur zum Schmutzfink werden!

Jan Koneffke

Verkehrte Welt

Auf einer roten Wiese
tanzt ein gelbes Schwein
mit einem blauen Ochsen
den Walzer hinkebein.

Die Ziege, sie ist rosa,
pfeift den Takt dazu.
Fünf weiße Raben wiehern:
Nanu? Nanu? Nanu?

Ein grüngestreifter Kater
steht kopf und applaudiert.
Drei Frösche spielen Geige.
Die drei sind braunkariert.

Der Karpfen reitet auf der Gans.
Der Igel bläst Posaune.
Der Hecht schaut aus dem Mauseloch
und grunzt vor guter Laune.

Der Mond glänzt lila, und am Himmel
fliegt ein rabenschwarzer Schimmel
im Kreis herum und bellt:
Heut ist verkehrt die Welt!

Wer's glaubt, schaut zu wie ich und du.
Wer's nicht glaubt, macht die Augen zu.

Boy Lornsen

Der Bach

Der Bach, der Bach,
der bleibt immer wach.
Er gurgelt durch den Tag
und schnurgelt durch die Nacht.

Er hält an keinem Baum,
er hält an keinem Strauch.

Klatsch, batsch, platsch,
fällt das Wasser die Steine hinab.

Er hält an keinem Traum,
er hält an keinem Bauch.

Ritsch, pitsch, ditsch,
rinnt das Wasser die Beine hinab.

Der Bach, der Bach,
der bleibt immer wach.
Er gurgelt durch den Tag
und schnurgelt durch die Nacht.

Mathias Jeschke

Hamsterkäfig

Sch, sch, schrr.
Raschel, raschel.
Husch, wusel, wusel.
Krrr, knack.

Drrr.
Rrrsch...

T-t-t-t-t-t-t-t-t-t.
Sssrrr, sssrrr,
sssirrr, sssirrr.
Ssssiiiiirrrrrrrr.
Rrrrrr.
Trrrrrrr.

Prscht. Krscht.
Schrrr.
–
Husch, wusel.
Knack.
S.
T.
Sch.

Mathias Jeschke

Kakadu und Papagei

Herr Kakadu Herr Papagei
die stritten sich um u und ei
sie packten sich und hackten sich
und flatterten und schnatterten
  du Papagu!
du Kakadei!
  du Geipaka!
du Dupaga!
  du Geipudu!
du Dukapa!
  du Dupagei!
du Pakadu!
  du Dupadu!
du Pakapa!
  du Geidudu!
du Dudupa!
am Ende waren sie abgehetzt
und beide schauten tief entsetzt
das u das beulte sich zum o
das ei war platter als ein au

in Zukunft stritt Herr Kakado
sich nie mehr mit Herrn Papagau

Jan Koneffke

Die Motte

Flotte Motte flotte Motte
flotte Motte namens Lotte

ausgehungert schwach und krank
fand sie einen Kleiderschrank

Kleiderschrank war voller Wolle
Wolle war besonders olle

und die allerollste Wolle
ist die allertollste Wolle

flotte Motte flotte Motte
flotte Motte namens Lotte

fraß sie in die Wolle Löcher
in die olle noch und nöcher

Löcher waren so groß wie Fernsehen
und auch Fernsehen tat sie gern sehn

Jan Koneffke

Schmetterlinge schmettern nicht

Warum heißt das Flatterding
mit bunten Flügeln Schmetterling

es hat Antennen und zwei Beine
doch Trompeten hat es keine
es wirft sich niemals in die Brust
und schmettert los aus Herzenslust

man braucht Elektroohren mit Röhren
um einen Schmetterling zu hören
selbst dann belauscht man keine Geigen
sondern nur sein zartes Schweigen

er taumelt durch den Gartenduft
und ist so stumm wie Sommerluft
weiß Gott dies feine Flatterding
ist Schmetter- nicht noch Schnatterling

Illustration: Christoph Mett

in England heißt es butterfly
als ob es halb aus Butter sei
halb eine Fliege die verbrummt
durch unsere Sommerküche summt

falls es nicht Butter ist die fliegt
anstatt dass sie im Kühlschrank liegt
und durch die Sonne torkelnd matscht
bis dass sie auf den Boden klatscht

ob Schmetterling ob butterfly
es ist am Ende einerlei
der Name stimmt im Angesicht
des Falters vorn und hinten nicht

ja um ihn schöner zu benennen
muss man Italienisch können
da heißt er, nicht so ballaballa,
fein und flügelleicht: farfalla

Jan Koneffke

die truhe

ganz unten in der dunkelsten ruhe
versteckt im hintersten spinneneck
steht eine dunkelrunde truhe

o wie die zähne klappern

denn dort unten ganz dort unten
dort wo schluss ist mit dem bunten
ruht die dunkelrunde truhe

o wie die zähne klappern
o wie die motten flattern

und also steht die truhe dort
(sag was ist drin! sag was ist drin!)
an diesem fies gemeinen ort

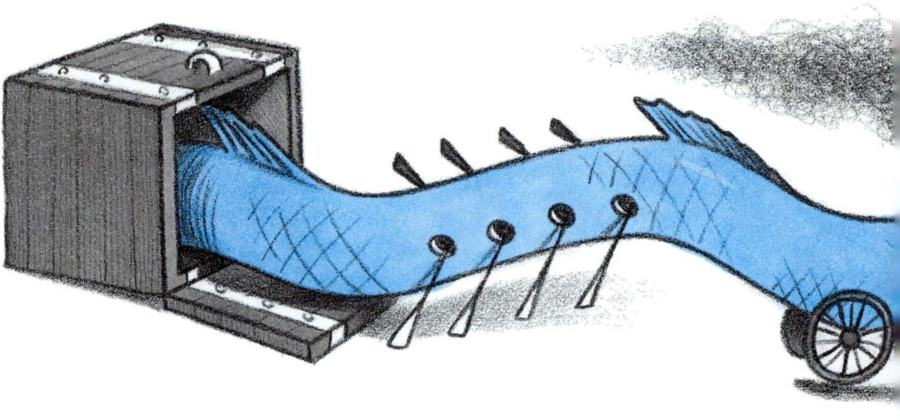

Illustrationen: Karsten Teich

o wie die zähne klappern
o wie die motten flattern
o wie die ratten rattern
o wie die geister schnattern
o wie die beine tattern

na gut ich packs ich trau mich hin
zu öffnen diese dunkle truhe
ich steh ja eh schon mittendrin

es scharrt
o wie die zähne klappern
es knackt
o wie die motten flattern
es knarrt
o wie die ratten rattern

o wie die zähne klappern
o wie die motten flattern
o wie die ratten rattern
o wie die geister schnattern
o wie die beine tattern

na gut ich packs ich trau mich hin
zu öffnen diese dunkle truhe
ich steh ja eh schon mittendrin

es scharrt
o wie die zähne klappern
es knackt
o wie die motten flattern
es knarrt
o wie die ratten rattern

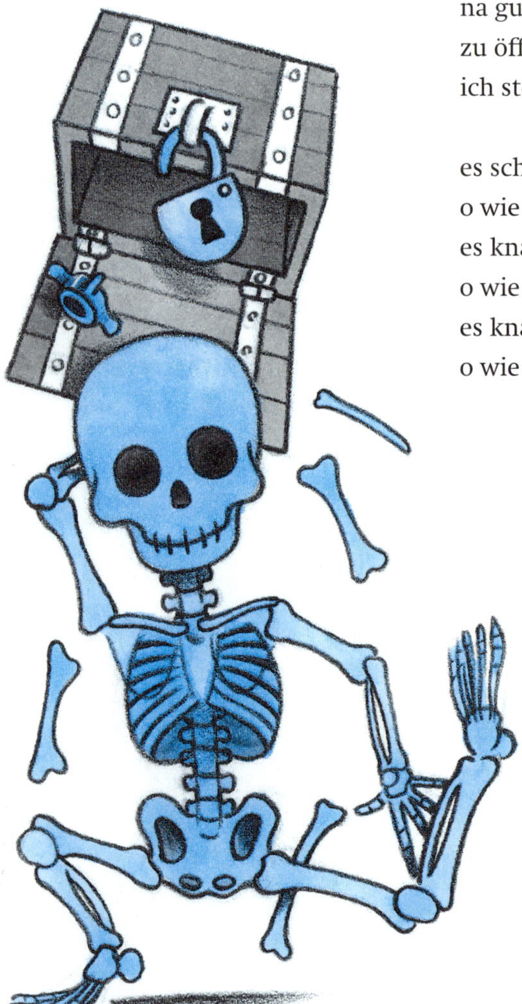

es quietscht
o wie die geister schnattern
es knistert
o wie die beine tattern
es staubt
o wie die hosen knattern – hah!

jetzt ist sie auf ich blick hinein
seh ich nen totenschädel mit gebein
o nein! o nein! o nein!

ein schräger spiegel steht dort still!
und was ich sehe bin doch ich!
mutig – kühn – und ritterlich!

Arne Rautenberg

Was mögen das für Pillen sein?

Zwei Pillen trägst du stets bei dir,
nicht eine nur und auch nicht vier,
nein, zwei, da guckst du, was?
Und bist du traurig, werden sie nass.
Musst nicht den Apotheker fragen.
Sie belasten nicht den Magen.
Du trägst sie nicht in der Pillendose
und keinesfalls lose in der Hose,
überhaupt nicht in Taschen
oder in Flaschen,
nicht im Ohr, nicht im Schuh.
Das ist schwer. Puh! Puh! Pu!
(Der trägt sie übrigens auch
nicht am Bauch.)

Karlhans Frank

Etwas über Engel

Engel sind schmal und wiegen fast nichts.
Auf einer Zeile dieses Gedichts
könnten eine Million netter Engel singen,
dazu noch tanzen und hüpfen und springen.

Auf einem einzigen Löwenzahnstängel
sitzen oft Tausende niedlicher Engel
und Hunderte auf einem Rosendorn,
da, wo er spitz ist, ziemlich weit vorn.

Auf einem Butterblumenblütenblatt
finden Olympische Spiele statt:
Ein Atom fliegt als Fußball hin und her.
Nie gibt es ein Foul! Engel sind fair.

Alljährlich um die Weihnachtszeit
kommen die Engel von hoch und weit.
Auf Schneeflocken reisen Engel vom Himmel.
Das ist im Winter oft ein Gewimmel.

Auf so einer Flocke hocken stets mehr
Engel, als Menschen im Fünfuhrverkehr
sich in irdischen Autobussen drängeln.
Doch nie entsteht ein Streit unter Engeln!

Engel können ganz ohne Klagen
mit Engelsgeduld Mengen Enge ertragen.
Das lässt sich an ihrem Namen erkennen.
Andernfalls müsst man sie Weitel nennen.

Karlhans Frank

Nicht Tannen-, Linden-, Eichenbaum

Ein Baum ohne Ast, der nicht steht,
sich bewegt, oft mit Hast, und sich dreht,
rollt und tollt durch die Welt ohne Wurzel,
keine Krone trägt er, meist kein Blatt vor dem Mund,
seine Frucht heißt nur Spaß, ihn bepinkelt kein Hund,
dieser Baum heißt mit Vornamen ...

Karlhans Frank

Das Kamel

Auf Helgoland auf Helgoland
stand ein Kamel am Klippenrand
wo ein Kamel nicht hingehört
(obwohl es auch nicht weiter stört)

in der Wüstenflimmerhitze
hielt es unsere Leuchtturmspitze
für 'ne Pyramidenkuppe
aus der Pyramidengruppe

irrtümlicherweise rannte
es vom fernen fernen Nil
bis an unsere Klippenkante
wo es fast ins Wasser fiel

von der Meeresgischt befeuchtet
und vom Leuchtturmlicht beleuchtet
sah es voller Kummer ein
wirklich ein Kamel zu sein

Jan Koneffke

Illustration: Christoph Mett

Papiertiger

Nimm dem TIGER das G,
das tut ihm nicht weh.
Setz' das Gebliebene
einmal gedreht
vor das Geschriebene.
Schau, was da steht.
Was du jetzt liest
ist der Tiger nur
nach der Dressur,
nicht von Natur.

Karlhans Frank

stimmt es wirklich dass

der zitronenfalter keine zitronen faltet?
der katzenwels sich nicht in katzen wälzt?
der feldhamster keine felder hamstert?
der siebenschläfer nicht bis um sieben schläft?
der haubentaucher nicht nach hauben taucht?
das pfauenauge nicht nach pfauen äugt?
der gänsesäger keine gänse sägt?
die heuschrecke nicht ein kleines bisschen
heu erschreckt?

Arne Rautenberg

träumende eulen

wenn eulen
von säuen träumen
dann wühlen sie
im traum im dreck
dann fliegen
dem dreck plötzlich
die säue weg
wenn eulen
von säuen träumen
dann sitzen die säue
auf bäumen
und träumen
von eulen

Arne Rautenberg

Limericks für Kinder

Wer von euch sagt es mir ganz fix,
Was das wohl sein mag: »Limericks«?
– Fünfzeiler sind es, meist zum Lachen.
Wer Witz hat, kann sie selber machen.

1

Da gab's einen Bäcker in Kassel,
Der hörte des Nachts ein Gerassel.
Er durchsuchte das Haus
Und fand eine Maus.
– Seitdem gibt es Katzen in Kassel.

2

Es ärgert sich einer in Gießen,
Daß ihn seine Nachbarn nicht grüßen.
Doch er zog seinen Hut,
Wie's ein Gentleman tut.
Nun grüßt ihn ein jeder in Gießen.

Mascha Kaléko

Die Gedichtbände und ihre Autoren

Karlhans Frank
Im Eigelb steckt der Igel
Zweifarbig illustriert von
Carsten Märtin
64 Seiten
ISBN 978-3-414-82153-9

Karlhans Frank (1937–2007) hat zuletzt im hessischen Gelnhausen gelebt. Mehr als hundert Bücher für Kinder und Jugendliche stammen aus seiner Feder, darunter viele Gedichte. Außerdem arbeitete er als Regisseur, Drehbuchautor und Übersetzer.
Er war führend in verschiedenen Schriftstellerverbänden tätig, so im VS (Verband deutscher Schriftsteller), im P.E.N.-Zentrum Deutschland und in der Autorenvereinigung Die Kogge. Sein Nachlass befindet sich im Rheinischen Literaturarchiv im Heinrich-Heine-Institut in Düsseldorf.

Carsten Märtin (geb. 1961) hat an der Fachhochschule für Gestaltung in Hamburg studiert und arbeitet seither als freier Illustrator. Er lebt in Oldenburg.

Mathias Jeschke
Wie das Wiesel dem Riesen den Marsch blies
Zweifarbig illustriert von
Jens Rassmus
64 Seiten
ISBN 978-3-414-82248-2

Mathias Jeschke (geb. 1963) ist studierter Theologe. Er lebt mit seiner Familie in Stuttgart, wo er hauptberuflich als Lektor in einem Verlag arbeitet. Daneben schreibt er Gedichte und Bilderbuchgeschichten, für die er schon mit einigen Preisen ausgezeichnet worden ist, u.a. einem Stipendium des Landes Mecklenburg-Vorpommern und mit dem Würth-Literaturpreis.
Mathias Jeschke über Kinder und Sprache:
Sprachwitz weckt die Neugier im Geist eines Kindes. Sprache macht lebendig. *Kommt, lasst uns die Welt entdecken!*, möchte ich den Kindern zurufen, auch dem Kind, das ich bin.

Jens Rassmus (geb. 1967) hat Illustration in Hamburg und in Dundee/Schottland studiert. Heute lebt er mit seiner Familie in Kiel.

Mascha Kaléko
Der Papagei, die Mamagei und andere komische Tiere
Zweifarbig illustriert von
Verena Ballhaus
80 Seiten
ISBN 978-3-414-82154-6

Mascha Kaléko
Wie's auf dem Mond zugeht
Zweifarbig illustriert von
Verena Ballhaus
80 Seiten
ISBN 978-3-414-82224-6

Mascha Kaléko lebte von 1907 bis 1975. Geboren im heutigen Polen, flüchtete ihre Familie vor judenfeindlichen Ausschreitungen in der Zeit des 1. Weltkrieges nach Deutschland, wo sie schließlich in Berlin heimisch wurde. In den 1920-er Jahren verkehrte sie dort in den Kreisen der künstlerischen Avantgarde, sie lernte u.a. Erich Kästner, Else Lasker-Schüler und Joachim Ringelnatz kennen. Bevor das Leben für Juden im nationalsozialistisch beherrschten Deutschland wiederum unerträglich wurde, konnte sie mit ihrer Familie in die USA emigrieren. Die beiden Bände enthalten die Kindergedichte der Autorin, die als eine der großen Lyrikerinnen des letzten Jahrhunderts gilt.

Verena Ballhaus (geb. 1951) war hoch entzückt, als der Verlag bei ihr anfragte, ob sie die Kindergedichte von Mascha Kaléko illustrieren wolle. Sie hat Malerei, Grafik und Kunsterziehung an der Akademie der Künste in München studiert, wo sie auch heute noch mit ihrer Familie lebt. Neben den Büchern gilt ihre Liebe dem Theater – wo sie Bühnenbilder und Plakate gestaltet hat. Bereits zweimal zählten von ihr gestaltete Bücher zu den von der Stiftung Buchkunst ausgewählten schönsten deutschen Büchern. Sie wurde vielfach ausgezeichnet, so mit dem Österreichischen Kinder- und Jugendbuchpreis und mit dem Deutschen Jugendliteraturpreis.

Jan Koneffke
Trippeltrappeltreppe
Zweifarbig illustriert von
Christoph Mett
80 Seiten
ISBN 978-3-414-82179-9

Jan Koneffke (geb. 1960) schreibt Gedichte, Erzählungen und Romane für Kinder und für Erwachsene. Er ist in Darmstadt geboren und seither ziemlich viel in Europa herumgekommen. In Berlin hat er Philosophie und Germanistik studiert. Nach längerem Aufenthalt in Rom lebt er heute in Wien und Bukarest. Er wurde bereits vielfach ausgezeichnet, u.a. mit dem Leonce- und-Lena-Preis und dem Förderpreis zum Friedrich-Hölderlin-Preis; auch wurde er mit Stipendien bedacht (Alfred Döblin, Villa Massimo).

Christoph Mett (geb. 1978) hat an der Fachhochschule Münster eine vielfältige Ausbildung erfahren: Illustration, Druckgrafik, Malerei und Film. Entsprechend weit gefächert ist sein Schaffen: Er produziert Zeichentrickfilme und illustriert für Zeitschriften- und Buchverlage. Neben einer Auszeichnung der Stiftung Buchkunst für die schönsten deutschen Bücher wurde er für den Designpreis der Bundesrepublik Deutschland nominiert.

Mehr Informationen zum Illustrator unter www.mettador.com

Boy Lornsen
Der Tintenfisch Paul Oktopus
Zweifarbig illustriert von
Manfred Schlüter
80 Seiten
ISBN 978-3-414-82148-5

Boy Lornsen (1922–1995) war ein waschechter Sylter. Seiner Heimat war er zeitlebens sehr verbunden, weshalb die meisten seiner Bücher an der Waterkant spielen (»Nis Puk« oder »Klaus Störtebeker«). Sein berühmtestes Kinderbuch ist »Robbi, Tobbi und das Fliewatüüt«. Er hat nur eine kleine Zahl von Gedichten geschrieben, aber die haben es in sich, für Kinder wie auch für Erwachsene. Für sein Gesamtwerk ist er mit dem Friedrich-Bödecker-Preis ausgezeichnet worden. Neben dem Schreiben hat er sich der Bildhauerei gewidmet.

Manfred Schlüter (geb. 1953) ist auch ein Mann von der Küste. Er lebt in einem ehemaligen Schulhaus an der Nordseeküste hinterm Deich. Nach einer Ausbildung zum Tiefdruckretuscheur studierte er Grafik-Design. Er malt, zeichnet und gestaltet Objekte – und schreibt auch selbst Gedichte. Boy Lornsen hat Schlüters Talent entdeckt und gefördert. Auch er ist mit dem Friedrich-Bödecker-Preis ausgezeichnet worden.

Mehr Informationen zum Illustrator unter www.manfred-schlueter.com

Arne Rautenberg
der wind lässt tausend hütchen fliegen
Zweifarbig illustriert von Karsten Teich
64 Seiten
ISBN 978-3-414-82237-6

Arne Rautenberg (geb. 1967) lebt als Schriftsteller, Kulturjournalist und Künstler in seiner Geburtsstadt Kiel. Er hat Kunstgeschichte, Literaturwissenschaft und Volkskunde studiert. Er schreibt neben seinen Gedichten Essays, Hörstücke, Kurzgeschichten und Romane – und er ist auch als bildnerischer Künstler aktiv, indem er Collagen und großflächige Schriftinstallationen schafft.

Karsten Teich (geb. 1967) hat an der Hochschule der Künste in Kassel studiert – Kunst natürlich. Er zeichnet, malt, schreibt und lebt mit seiner Familie in Berlin. Besonders intensiv tätig ist er im Bereich der Kinderbuch-Illustration.
Arne Rautenberg sagt über ihn:
Ich finde, dass die klaren Illustrationen von Karsten Teich gut zu meinen doch eher formstrengen Gedichten passen.

Arne Rautenberg über Kindergedichte:
Man kann sich zwar nicht so lange in Gedichten aufhalten, dafür kann man mit ihnen aber in sehr kurzer Zeit viele kleine Geschichten, Gedanken, Ideen erleben und sich mit jeder Seite, die man umblättert, wieder aufs Neue von ihnen überraschen lassen. ... Gereimtes merkt man sich schneller. In Reimen steckt ja auch noch etwas von den alten Zaubersprüchen. Und diesen Zauber muss man hinüberretten in die heutige Zeit. Aber eigentlich glaube ich, ob gereimt oder ungereimt, das ist egal. ... Ich möchte in meinem Buch zeigen, was mit Sprache alles möglich ist. Dass man Spaß mit Sprache haben kann.

Mehr Informationen zum Autor unter www.arnerautenberg.de

Mehr Informationen zum Illustrator unter www.karsten-teich.de

Jutta Richter
Am Himmel hängt ein Lachen
Zweifarbig illustriert von der Autorin
64 Seiten
ISBN 978-3-414-82180-5

Jutta Richter (geb. 1955) schreibt Romane, Geschichten und Gedichte für junge Leser. Sie lebt auf einem wunderschönen Wasserschloss im Münsterland. Nach einem Studium der Theologie, Germanistik und Publizistik hat sie sich für ein Leben als freie Schiftstellerin entschieden. Für ihr literarisches Werk erhielt sie zahlreiche Auszeichnungen und Preise, unter anderem:
LUCHS des Jahres für »Der Tag, als ich lernte die Spinnen zu zähmen« (2000)
Rattenfänger-Literaturpreis für »Der Hund mit dem gelben Herzen oder Die Geschichte vom Gegenteil« (2000)
Deutscher Jugendliteraturpreis für »Der Tag, als ich lernte die Spinnen zu zähmen« (2001)
Katholischer Kinder- und Jugendbuchpreis für »Hechtsommer« (2005)

Die Autorin über das Schreiben von Gedichten:
Gedichte sind Momentaufnahmen, Schnappschüsse der Gemütsverfassung.
Gedichte sind der schnellste Weg, um Ordnung in die Seele zu bringen. Gedichte zwingen das Chaos in Formen. Verblüffend ist, wie viel Weitsicht solche Seelenbilder zeigen: das was ich nicht glaubte zu wissen, steht plötzlich auf dem Papier ... Gedichte brauchen nicht den Umweg der Geschichte. Nichts muss verkleidet werden und alles hat Struktur.

Mehr Informationen zur Autorin unter www.juttarichter.de

Edward van de Vendel
Superguppy
Zweifarbig illustriert von
Fleur van der Weel
64 Seiten
Aus dem Niederländischen von
Rolf Erdorf
ISBN 978-3-414-82152-2

Edward van de Vendel
Lieb sein, Superguppy!
Zweifarbig illustriert von
Fleur van der Weel
64 Seiten
Aus dem Niederländischen von
Rolf Erdorf
ISBN 978-3-414-82257-4

Edward van de Vendel (geb. 1964) ist einer der vielseitigsten Autoren der Niederlande. Er hat als Grundschullehrer gearbeitet, bevor er Schriftsteller wurde. Er hat ein umfangreiches Werk von Bilderbüchern, Gedichten, Kinderbüchern und Jugendromanen geschaffen.

Fleur van der Weel (geb. 1970) hat an der Kunsthochschule in Utrecht/Niederlande studiert. Sie arbeitet als Illustratorin und Grafikerin, außerdem gestaltet sie Möbel für Kinder.

Rolf Erdorf (geb. 1956) ist heute im Hauptberuf Übersetzer und lebt in Hamburg. Er hat Germanistik, Romanistik und Niederländisch studiert und einige Zeit als Journalist gearbeitet. Für seine Übersetzung von Dolf Verroens »Wie schön weiß ich bin« wurde er mit dem Deutschen Jugendliteraturpreis und dem Gustav-Heinemann-Friedenspreis ausgezeichnet.

Die bisher erschienenen
Bände der Reihe

Literatur

Lypp, Maria (1992): Komische Literatur für Leser am Ende der Kindheit. In: Deutschunterricht (Berlin), Jg. 45, H. 1, S. 32–39.
Lypp, Maria: Lachen beim Lesen. Zum Komischen in der Kinderliteratur. In: Wirkendes Wort 1986. H.6, S. 439–455.
Mattenklott, Gundel: Sprachspiel und Buchstabenzauber. In: kjl & m 2008/2, S. 3–13.
Reger, Harald: Kinderlyrik in der Grundschule. 4. Aufl. Baltmannsweiler 2000.
Wittstruck, Wilfried: Komik im Gedicht verstehen helfen. Am Beispiel von Peter Hacks' »Höhlenbewohner spielen«. In: Argos 5/2009 (Mitteilungen zu Leben, Werk und Nachwelt des Dichters Peter Hacks 1928–2003), S. 61–72.
Wittstruck, Wilfried: Kinderbücher machen Entdecker und Genießer. In: Schulz, Gudrun (Hrsg.): Lesen lernen in der Grundschule. Berlin 2010: Cornelsen. S. 196–213.

Vom Umgang mit Gedichten

»Was für 'n Ding?« – Was für 'ne Frage?! Die Antwort versteckt sich im ersten Gedicht der Sammlung von Karlhans Frank. Sie ist Programm. Werbung für sein Buch, besser noch: Werbung für *das* Buch:

Sein Inhalt vermag
nicht den Bauch dir zu füllen,
er kann dich am Tag
nicht mit Wärme umhüllen,
hilft doch gegen Frost und nährt deinen Kopf.

Zu erfahren, dass kleinformatige Textgespinste, wie Gedichte es sind, Lesefreude bringen, ist eines; ein anderes, jungen Menschen zu zeigen, woran es liegt, dass Inhalt, Vers, Klang eines Gedichtes Denkzwischenfälle und Empfindungen auslösen. Großartig, wenn Leserinnen und Leser begeistert und verwundert sind, wenn sie amüsiert lachen oder mit dem Kopf schütteln; wenn sie erfahren, dass Lesen heißt, sich in der Lektüre verlieren, um etwas zu finden.

Gedichte sind – in der Mehrzahl jedenfalls – nicht für die Schule geschrieben. Deshalb auch verfolgt dieser Sammelband die Idee, Gedichte für sich selbst sprechen zu lassen. Auf Kommentierungen und didaktische Hinweise wird verzichtet; lediglich die Gruppierungen nach Überschriften sind so etwas wie kleinste Verstehenshilfen. Um den Gedichten aber auch im Unterricht einen festen Platz zu sichern, werben wir mit einer speziellen Internetseite, die sich besonders an Lehrkräfte der Klassen 2 bis 6 richtet.

In loser Folge werden dort Unterrichtsanregungen zu Gedichten dieses Buches zum kostenlosen Download eingestellt werden. Sie sollen Lese- und Denkrichtungen nicht starr vorgeben, aber die Mühe etwas verringern, wenn es darum geht, Bilder und Motive oder auch die Finessen des Lachen-Machens zu entdecken. Wir nennen sie »Leseimpulse«, weil sie Impulse für das (laute) Lesen geben, die Aufmerksamkeit auf einzelne Textstellen lenken und weil sie helfen wollen, aus der Lektüre wiederum Anstöße zu gewinnen für weitere Neugierfragen:

www.uni-vechta.de/gedichte-fuer-neugierige-kinder